U0525259

中国诗人

杨富坤
著

YANG
杨
LIU
柳
YI
依
YI
依

春风文艺出版社
·沈 阳·

图书在版编目（CIP）数据

杨柳依依 / 杨富坤著 . -- 沈阳：春风文艺出版社，2024.7.--（中国诗人）. -- ISBN 978-7-5313-6737-6

Ⅰ. I227

中国国家版本馆 CIP 数据核字第 2024RC3515 号

春风文艺出版社出版发行
沈阳市和平区十一纬路 25 号　邮编：110003
辽宁新华印务有限公司印刷

责任编辑：仪德明	助理编辑：余　丹
责任校对：于文慧	印制统筹：刘　成
装帧设计：琥珀视觉	幅面尺寸：125mm × 195mm
字　　数：100 千字	印　　张：5.25
版　　次：2024 年 7 月第 1 版	印　　次：2024 年 7 月第 1 次
书　　号：ISBN 978-7-5313-6737-6	定　　价：48.00 元

版权专有　侵权必究　举报电话：024-23284391
如有质量问题，请拨打电话：024-23284384

题记

诗可以使世间最善最美的一切永垂不朽。

〔英〕雪莱《诗辩》

序言

古人对诗文常有"言为心声，文如其人"的说法，意指诗文的风格同作者的性格特点往往很相似。读富坤的诗词，信然。跟富坤相识已十余年了，根据我对他的了解，深感他的诗词仿佛一面镜子，真实地反映了他的思想情感、理想追求、价值取向、道德情操和性格特征。

熟悉富坤的人都知道，他有襟抱，有学识，尊崇平实高尚，鄙视与时俯仰，是个格调很高的知识分子。这一点在他的作品中有充分的体现。如《杂诗》："岭峻非一篑，峡深岂偶然。珠峰人仰止，根底在高原。"《怀屈原》："词赋三光永，哀矜困苦民。沉湘求大道，相埒有谁人？"《咏菊》："天赐骨峥嵘，凌霜哂转蓬。度芳枝上老，决不舞西风。"类似作品还有《咏柏》《咏雪莲》《咏荼蘼》《无名花》《山中偶书》《朝圣》《拙见》等等。从这些作品中不难品味作者之所崇、所敬、所追、所求，价值取向一目了然。

通过诗集读者还可以看到，作者不仅是一个不从流俗的人，而且还是一个视野开阔、情感丰富细腻、内心世界非常阳光的人。他爱祖国的大好河山，爱勤劳质朴的人民，爱坚强的柱石人民子弟兵，爱积淀丰厚的民族文化。他的这本诗词作品，大部分都是他爱心的披露、爱意的表达。如《踏月思》《游子梦》《秋夜思》《答新雨》《除夕情》《痴情》《慈母》《中秋有约》《江城子·怀伊人》等作品，都从不同的视角、不同的侧面抒发了作者浓浓的亲情、爱情、友情和乡情。即使是一些咏史、咏物、写景的作品，如《沈园怀古》《旅夜》《朝山》《春临吾乡》《小溪》等，也都隐隐披露着作者绵软的情怀，令读者得以一窥诗人丰富的情感世界。

除了文如其人以外，富坤的作品在艺术上也有诸多可圈点之处，诗集中的清词丽句俯拾即是，如："江远星垂岸，崖危月傍林。"(《晚次岭刹》)"思念从今始，绵绵至尔归。"(《送郎》)"春雨不知分袂苦，暗催杨柳见鹅黄。"(《惜春早》)"却谢东风贻袅袅，撩来情侣语悄悄。"(《早春柳》)"杜鹃枝上窥香火，松鼠溪边赏磬音。"(《宝刹秋晓》)"春燕呢喃一岸柳，银鸥嬉戏两国船。"(《忆江南（二首）（一）》)"白鸟红霞鸣苇荡,锦鳞碧水绕游船。"(《忆江南(二首)(二)》)等等。如此生动凝练的佳句,读来令人赏心悦目,诗人的文字功夫由此可见一斑。

我不是为他人作序的行家里手,在富坤拟出版诗集之际,谨写下这几点感言以为序。

林中兴

2024年3月于丹东

(序作者为丹东市文联原主席,丹东市诗词学会顾问)

目 录
CONTENTS

五言绝句

喜新作	/ 1
鹦鹉	/ 2
过荒祠	/ 3
春临吾乡	/ 4
剪枝	/ 5
冬月同乡至	/ 6
惜梦断	/ 7
谒武侯祠	/ 8
西施	/ 9
有缘	/ 10
喜迎郎	/ 11
归省前	/ 12
自省	/ 13
中秋有约	/ 14
阅史齿冷	/ 15

目　　录
CONTENTS

老父	/16
故交至	/17
慈母	/18
节后	/19
雨霁	/20
游子梦	/21
清潭	/22
孝子泪	/23
海峡情	/24
哂之	/25
异乡梦	/26
无名花	/27
冬泳	/28
怜子	/29
好事近	/30
童心	/31
杂诗	/32
赤子情	/33

目 录
CONTENTS

新居	/ 34
怀屈原	/ 35
送郎	/ 36
秋夜思	/ 37
咏菊	/ 38
咏柏	/ 39
巧遇同窗	/ 40
倍思卿	/ 41
兰若夕景	/ 42
晚次岭刹	/ 43
朝山	/ 44
旅夜	/ 45
现眼	/ 46
山中偶书	/ 47
知音	/ 48
柔情	/ 49
感悟	/ 50
有赠	/ 51

目　录
CONTENTS

咏荼蘼	/52
忆樱花	/53
吾乡小顽童	/54
山中即景	/55
禅趣	/56
咏上人	/57
雅兴	/58
萱堂情	/59
画境	/60

六言诗

朝圣	/61
小溪	/62
雨中情	/63
植树翁	/64

七言绝句

题国画《芙蓉》	/65

目 录
CONTENTS

咏雪莲	/ 66
怀乡	/ 67
旅途漫兴	/ 68
沈园怀古	/ 69
踏月思	/ 70
惜春早	/ 71
诘问	/ 72
无眠	/ 73
春思	/ 74
痴梦	/ 75
答贤侄	/ 76
清秋览胜	/ 77
六秩重阳书怀	/ 78
答新雨	/ 79
渔港咏月	/ 80
寸草心	/ 81
除夕情	/ 82
喜近乡	/ 83

目　录
CONTENTS

维桑好	/ 84
怨谁	/ 85
某公反思	/ 86
浏览某诗刊	/ 87
观西安兵马俑	/ 88
善哉	/ 89
天趣	/ 90
垂钓	/ 91
款客	/ 92
清夜有得	/ 93
休渔素描	/ 94
宝刹秋晓	/ 95
屿上口占	/ 96
喜天籁	/ 97
早春柳	/ 98
对弈	/ 99
谢师长	/ 100
新风	/ 101

目 录
CONTENTS

客将至	/ 102
省墓偶作	/ 103

五言古绝

幽怨	/ 104
女儿情	/ 105
祖母令	/ 106
嗟叹	/ 107
农家情	/ 108
重阳北疆怀远	/ 109
幺妹情	/ 110
喜上眉梢	/ 111
偶成	/ 112
问燕子	/ 113
观玉雕花	/ 114
拙见	/ 115
提线木偶自白	/ 116
谁怜侬？	/ 117

目　录
CONTENTS

祖孙情　　　　　　　　　　　　/ 118

七言古绝

题某漫画　　　　　　　　　　　/ 119
父知否　　　　　　　　　　　　/ 120
情依依　　　　　　　　　　　　/ 121
山庄风淳　　　　　　　　　　　/ 122
诉衷情　　　　　　　　　　　　/ 123
美猴王　　　　　　　　　　　　/ 124
良辰　　　　　　　　　　　　　/ 125
采莲子　　　　　　　　　　　　/ 126
痴情　　　　　　　　　　　　　/ 127

五言古风

鹊临庭　　　　　　　　　　　　/ 128
腊月回乡　　　　　　　　　　　/ 129

目　录
CONTENTS

七言古风

思银莲	/ 130

杂言古风

赠知己	/ 133
寒蝉	/ 135

词

长相思	/ 136
丑奴儿·纸鸢	/ 137
江城子·怀伊人	/ 138
南乡子·游故宫	/ 139
南乡子·梅花鹿	/ 140
忆江南（二首）	/ 141
蝶恋花·春江即景	/ 142
清平乐·江城春晓	/ 143
菩萨蛮·山寨春晓	/ 144

忆秦娥·怀岳飞　　　　　　　　　　　　/ 145
满江红·抗震礼赞　　　　　　　　　　　/ 146

曲

天净沙·桑梓暮景　　　　　　　　　　　/ 147

附录　　　　　　　　　　　　　　　　/ 148

本诗集收录作者1976年至2024年所创作的诗词曲等共144篇，皆用新韵。

五言绝句

喜新作

亭幽绢素平,
风起碧池中。
心旷犹即景,
云乌菡萏红。

鹦鹉

学舌谋好运,
嘴巧据金笼。
侬本无人品,
何须脸亦红。

过荒祠

祠成三世盛,
感喟傍佳城①。
人去蜘蛛在,
寒鸦断续鸣。

注:①佳城:墓地。南朝梁·沈约《冬节后至丞相第诣世子车中作》诗:"谁当九原上,郁郁望佳城。"

春临吾乡

莺燕鸣溪柳,
蜂蝶舞舍前。
谁边春最好?
新绿满梯田。

剪枝

余本好园丁,
恒携利剪行。
长枝殊可恨,
断尔不留情!

冬月同乡至

笑语满新屋,
娇妻欲下厨。
系裙悄问我,
可涮火锅无?

惜梦断

郎笑月开颜,
迷侬绿绮弹①。
乌啼娥不见,
泣下绣衾寒。

注：①绿绮：琴名

谒武侯祠①

蜀相云霄羽②,

川人世代思。

俗将先主庙,

尊作武侯祠。

注:①武侯祠:位于成都市,改建于清康熙年间,诸葛亮、刘备合祀。

②云霄羽:唐·杜甫《咏怀古迹五首·其五》赞诸葛亮"万古云霄一羽毛"。清·沈德潜注:"云霄羽毛,犹鸾凤高翔,状其才品不可及也。"(《唐诗别裁集》卷十四)

西施

宜笑复宜颦,

吴宫舞月轮。

晓妆偷洒泪,

暗羡采莲人。

有缘

华年幸比邻,
契阔海扬尘。
相顾皆惊喜,
他乡遇故人!

喜迎郎

窗外雨潇潇,
清晨对镜描。
知郎中午到,
花伞早临桥。

归省前

华发昨夕染，
平明喜换装。
免得娘见我，
两眼泪汪汪。

自省

弹指已十年，
重逢母校前。
诸君仍烂漫，
教我好羞惭。

中秋有约

哨所冰灯亮,
南国桂子香。
约郎同赏月,
心已到边疆。

阅史齿冷

若论前朝弊,
臣工有至言。
昔年先帝在,
一殿噤寒蝉。

老父

瑞雪迎新岁,
梅馨梦子归。
对酌鱼龙舞[①],
晨寂泪空垂。

注：①鱼龙：指灯彩。

故交至

径洁迎远客,
执手过闲门。
日暮天将雪,
醇香细论文。

慈母

八秩忘营营，
童心喜复萌。
日斜桃下立，
憨笑逗鸰鹐。

节后

挥手惜相送,
缘儿自有家。
孑然谁伴我?
依旧小京巴①。

注:①京巴:一种宠物犬。

雨霁

花重斜晖外，
蝶归菜圃中。
林闲莺呖呖，
偕我览青葱。

游子梦

异域风光好,
金秋亦梦家。
稻花香秀野,
父老话桑麻。

清潭

潭洌幽篁里,
鱼游若少依。
间关谁到访?
枝细荡黄鹂。

孝子泪

冰封两地船,
雁杳四十年。
一涕儿归晚,
双膝跪墓前。

海峡情

青恋圻汶川,
宝岛立相援。
两岸同根树,
炎黄血脉连。

哂之

南朝滥奉神，
金寺列如林①。
圣主今何在，
雕梁可佑人？

注：①南朝皇帝和世家望族多崇奉佛教，梁武帝（萧衍）尤甚，所在郡县广修佛寺，不下五百所，穷极宏丽。

异乡梦

宝宝张双臂,
嘻嘻向我怀。
相拥娘落泪,
梦醒念何挨?

无名花

舟横野渡宁，
花小自婷婷。
惬意添春色，
何须客赐名。

冬泳

雪霁曙霞红,
银妆画舫空。
健儿阶上跃,
怡悦碧流中。

怜子

更阑觑子眠，
清晓嘱千言。
儿已行山外，
娘犹怔寨前。

好事近

庭除绽蜡梅,
山雀晓来窥。
对镜将眉画,
阿哥或早归。

童心

缘何离雁阵,
残月自家飞?
愿我生双翼,
即时日夜随。

杂诗

岭峻非一篑,
峡深岂偶然。
珠峰人仰止,
根底在高原。

赤子情

近乡眸暂润,
将见梦萦人。
蝉唱何亲切,
今夕洒泪闻。

新居

不嫌新室陋,
喜幸有芳邻。
咫尺图书馆,
余暇造访频。

怀屈原

词赋三光永,
哀矜困苦民。
沉湘求大道,
相垺有谁人?

送郎

船遥晓雨微，
花落鸟鸣悲。
思念从今始，
绵绵至尔归。

秋夜思

独酌旅舍寒，
霜岭吻银蟾。
夜久箫如怨，
伊人或已眠。

咏菊

天赐骨峥嵘，
凌霜哂转蓬。
度芳枝上老，
决不舞西风。

咏柏

秋山滚火龙,
巨柏瞬间红。
劫过芯犹在,
岿然又向荣。

巧遇同窗

喜逢佳丽地①,
柳浪抱漪澜。
桡荡夕禽唤,
咿呀就睡莲。

注:①佳丽地:江南。南朝齐·谢朓《入朝曲》诗:"江南佳丽地,金陵帝王州。"

倍思卿

春塞接新照,
椿萱笑果园。
卿心诚细细,
令我眺江南。

兰若夕景

残阳染寺红,
磬响伴溪声。
春暮花偏艳,
僧来鸟不惊。

晚次岭刹

离乡难入寐,
出殿景销魂。
江远星垂岸,
崖危月傍林。

朝山

金乌向秀峦,
众鸟舞虹泉。
香客耽方外,
侬侬梵宇前。

旅夜

畅饮泊舟上，
无垠碧野藏。
怡然天暗透，
唤友赏星光。

现眼

生来颜色好,
膨胀立腾空。
讵料一声响,
唯余碎屑红。

山中偶书

有心观古柏,
误踏涧边苔。
此乃卑湿地,
多生栎散材①。

注:①栎散材:不能以斧斤致用之材。见晋·贾逵《闲游赞》。

知音

栊下抚银筝,

鹦哥醉忘鸣。

感君知我意,

白雪更泠泠①。

注:①白雪:阳春白雪。

柔情

常伴异乡云,
春来抆泪痕。
天涯芳草碧,
至念绿罗裙。

感悟

经典如师长,
卓然令我钦。
朝夕得教诲,
不畏有浮云①。

注:①化用北宋·王安石《登飞来峰》诗中的"不畏浮云遮望眼,自缘身在最高层"句意。

有赠

闻君将调任,
冒昧送一言。
匹马随琴鹤①,
于今亦美谈。

注:①琴鹤:北宋赵抃为官清廉,调任成都转运使时,匹马入蜀,仅以一琴一鹤相随。见《宋史·赵抃传》。后以"琴鹤"称颂官吏清廉。

咏荼蘼

不屑苦争春，
茎柔小叶新。
须臾桃李尽，
淡雅笑芳尘。

忆樱花

莺啼尔复繁，
媚妩动人寰。
无计将春挽，
思之泪泫然。

吾乡小顽童

下课急攀树,
惊飞乱噪鸦。
喜成枝上客,
莞尔品槐花。

山中即景

归燕语禅林,
潭清映彩云。
樵苏无意赏,
相悦有闲人。

禅趣

萧寺访知音,
高僧把袂亲。
桃妍欣唱和,
晨雀柳枝闻。

咏上人

植树四十春，
禅房掩碧林。
鸟鸣即点赞，
空谷有回音。

雅兴

住持析《左传》,
施主肃然听。
相见花衔露,
别时北斗明。

萱堂情

初雪窗前舞，
黄昏老妪孤。
儿于千里外，
此际念家无？

画境

边城寻秀色,
夏日伫天台①。
环顾奇峰碧,
晨岚悦目白。

注:①天台:位于辽宁省宽甸满族自治县天华山风景区内,四周陡峭,顶上较平。

六言诗

朝圣

圣地难得顺路，
荒原鲜有人家。
持身若少坚忍，
夙愿即成落花。

小溪

山峻岭险林密,
小溪弹筝入迷。
千回百折曲妙,
近薮何向淋漓?

雨中情

晨拟相偕踏青,
无端雨打空庭。
挥洒陋室亦喜,
画中伊人含情。

植树翁

铁臂银锄汗水,
雕来满目青山。
林幽暮鸟鸣涧,
教我无心早还。

七言绝句

题国画《芙蓉》

玉立亭亭逸众芳,
纤尘不染度幽香。
娇君自忖寻常事,
孟浪蜻蜓拜藕塘。

咏雪莲

天山终岁漫冰凌，
犹有仙葩绽玉屏。
心赤分明亲雪域，
朔风来访益俜停。

怀乡

残钉摇曳度华年，
赖有东风解峭寒。
岁暮犹思春暖意，
梦回热土水潺潺。

旅途漫兴

晓雾霏微辞古寨，
山前回首画初开。
绿篱田舍清溪绕，
顾盼群猴饮水来。

沈园怀古

才子遗篇怆沈园,
吟来喟叹泪痕残①。
池阁垂柳无情碧,
瞥见双蝶更黯然。

注:①陆游在沈园题《钗头凤》后,唐琬尝答词,词中有"泪痕残"。

踏月思

佳人去去梦难成,
信步桃蹊月晕明。
但愿南国天气好,
只缘倩影向榕城。

惜春早

梨花梦醒怯别郎①,
清曙移帘欲断肠。
春雨不知分袂苦,
暗催杨柳见鹅黄。

注：①"梨花梦"，指离别之梦，"梨"，谐音"离"。南宋·陈允平《恋绣衾（多情无语敛黛眉）》词："无赖是、梨花梦，被月明、偏照帐儿。"

诘问

秀才援笔又成章,
复现昙花转瞬亡。
余唾拾来陈万遍,
不知何日感悲凉?

无眠

山高月小唱溪蛙,
风爽闺阁北斗斜。
初恋有约难入寐,
天明牵手赏荷花。

春思

送郎歧路鸟回林，
归坐花庭怯锦衾。
月妩应绝桃下泪，
洞箫一曲夜深沉。

痴梦

知了拥枝梦好甜,
拟翻新阕四方传。
可惜尔囿一株树,
一唱惊人岂笑谈?

答贤侄

门庭冷落怨谁人？
世态炎凉语太陈。
一叶一枝恒在意①，
何戚乡里不怀君？

注：①化用清·郑燮《潍县署中画竹呈年伯包大中丞括》诗中的"一枝一叶总关情"句意。

清秋览胜

轻舟向晚次渔家,
庭寂商虫咏月华。
破晓霞红疑梦境,
金鸥万点唱芦花。

六秩重阳书怀

重九飘然踏岭云，
枫红菊艳唤鸣禽。
人逢耳顺新生始[①]，
卓立青峰可却尘。

注：①西谚云："人生从六十开始。"

答新雨

物换星移四海新，
劫波渡尽现真淳。
宿昔祖上兵戎见，
今日儿孙做友人。

渔港咏月

渔火金风向远瀛,
冰轮离岛碧波平。
未生海际乾坤暗,
旋近中天万象明。

寸草心

宵分月皎病房宁，
羸弱萱堂梦呓轻。
无尽春晖何以报？
忧戚榻侧到天明。

除夕情

辞旧钟声将袅袅,
迎新焰火映家家。
边关遥祝传桑梓,
欣喜双亲拭泪花。

喜近乡

车过西山近故园,
暖流顷刻涌心田。
县城可意多新厂,
节后何须返岭南!

维桑好

重峦淡冶梵钟鸣，
霜鬓凭栏忆画屏。
最忆蓑衣垂钓日，
白帆细雨碧江行。

怨谁

轻摇团扇步芳庭,
忽见东溪点点明。
夜色迷人歌万里,
泪泉难抑怨流萤。

某公反思

晨昏走笔四十秋,
欲汇文集近退休。
刍议跟风今始悟,
心如刀绞月如钩。

浏览某诗刊

诸公妙笔献风骚，
名下官衔特地标。
穷而后工洵至论，
位尊难道水平高？

观西安兵马俑

典籍成烬帝国危,
乱起山东暴政摧。
秦地人观兵马俑,
依然雁阵傍云飞。

善哉

万树梨花入夜开，
众猴冻馁信难挨。
黎明岭上忽欢跃，
背篓禅师送薯来。

天趣

雨后新蝉噪古槐,
山溪澄澈浸青苔。
牧童淘气忙捉蟹,
小手一双入水来。

垂钓

千顷柔蓝碧岭环，
晓闻欸乃立陶然。
风娇云影随纶颤，
甩尾花鲢入小船。

款客

暮雪霏霏室有春,
砂锅香溢火偏文。
寻常一样陈年酒,
因有嘉宾味更醇。

清夜有得

年来颇愧索枯肠,
顿悟书斋月宛霜。
襟抱学识涵广宇,
笔端始有好文章。

休渔素描

帆樯列港沐朝霞,
水鸟啾唧憩暖沙。
母女屋头闲作画,
池边父子喂鱼花。

宝刹秋晓

大殿崔巍抹彩云，
菊花欲放绕山门。
杜鹃枝上窥香火，
松鼠溪边赏磬音。

屿上口占

净土花繁掩碧苔,
湖光滟滟晓帆白。
江山娇媚无常主,
今日折腰迓我来。

喜天籁

池塘杨柳笑春风,
学子翩翩步履轻。
中午偷闲依树坐,
且听虫唱鸟鸣声。

早春柳

鹅黄宵染弱枝条,
莺燕晨栖雾始消。
却谢东风贻袅袅,
撩来情侣语悄悄。

对弈

野径通庐细草生,
故人将至鹊晨鸣。
花开花落棋枰暖,
溪水应吟旧雨情。

谢师长

唐宋珠玑少小闻,
未及而立试耕耘。
春风化雨今生幸,
教我吟哦伴玉轮。

新风

阿哥吉日喜迎亲,
乐队持笙列寨门。
妙曲悠扬吹不断,
吹得百鸟借枝闻。

客将至

小桥曲径晚无沙,
园韭将割傍野花。
陶瓮新藏新酿酒,
亲家明日到侬家。

省墓偶作

车近祖茔露未晞，
时闻芳谷鸟空啼。
合知此刻花开好，
多赖飞红化作泥①。

注：①飞红：落花。北宋·秦观《千秋岁·水边沙外》词："春去也，飞红万点愁如海。"

五言古绝

幽怨

月下有千言,
别来雁杳然。
蓬山无晴日①,
乡井六月寒。

注：①蓬山：蓬莱山。神话传说的海上仙山。这里喻指对方之居处。晴，谐音"情"，语意双关。

女儿情

故乡常入梦,
腊雪倍思家。
心归温馨舍,
偎母剪窗花。

祖母令

侵晨接短信，
千里指令急：
白露凉风起，
佳佳须添衣！

嗟叹

燕来溪水绿，
荠菜露新芽。
阿哥喜此菜，
怎奈又离家！

农家情

春耕逢喜雨,
田间立欢腾。
衣湿寻常事,
只盼好收成!

重阳北疆怀远

红叶满山梁,
登高面旧乡。
遥知妻教子,
哑哑指北疆。

幺妹情

相亲到岭东,
归来见笑容。
姊问相中否?
低首脸绯红。

喜上眉梢

蓼岸晨扫净,
江碧鸟嘤嘤。
城似出阁女,
妆成水灵灵。

偶成

寻幽岭上行,
暝色入残亭。
风骤松明灭,
篝火吹更红。

问燕子

子从南国来,
辛劳万里途。
栖息潇湘日,
曾见伊人无?

观玉雕花

远观叹奇葩,
近看萼多瑕。
真的好后悔,
不该细觑它。

拙见

人生何谓富,
腹有万卷书。
人生何谓贵,
宁静远流俗。

提线木偶自白

台上亮相频,
举止总可人。
提线俺就动,
何必有灵魂!

谁怜侬？

君道今日还，
西楼望岭前。
人稀皆过客，
夕燕忍呢喃？

祖孙情

宝贝报平安,
嗲声教人怜。
一句想爷爷,
两地泪潸然。

四岁半的小孙女新年期间在爷爷家玩得兴高采烈,返沈后旋来电话。

七言古绝

题某漫画

清河酒店拟开张,
雇请厨师动尺量。
不是侏儒决不要,
只因爷是武大郎。

父知否

山乡灯笼映余晖,
岗上喜鹊见客飞。
新衣小儿踏残雪,
松下极目盼父归。

情依依

晓莺啼月路弯弯,
不舍阿哥去岭南。
船载霞光春江尽,
小妹挥泪未思还。

山庄风淳

家住翠竹十里村，
清溪四季绕篱门。
三春嫁娶无唢呐，
恐惊百鸟孵子孙。

诉衷情

稀客春来时顾庭，
仙音婉转透窗棂。
阿哥千里应怜妹，
画眉撩人泪清莹。

美猴王

打理园圃太辛劳,
何似山中乐逍遥。
鲜果属谁何须问,
秋高气爽我摘桃。

良辰

盼来腊月二十八,
爹娘打工将还家。
奶奶日出喜发面,
娇娇笑影剪窗花。

采莲子

拂晓湖塘雾渐白,
忽闻新曲颂江淮。
一出红日揭谜底,
少女曼声采莲来。

痴情

燕语熹微忆送郎，
日高临镜泪成行。
胭脂眉笔收奁里，
妹守空枕不化妆。

五言古风

鹊临庭

或言尔谩语,
送喜无凭据[①]。
此言侬不信,
笑迓尔来聚。
枝上复喳喳,
免侬晨昏寂。
待到郎归日,
侬悦尔亦喜:
兹喜乃我送,
何言无凭据?

注:①《敦煌曲子词·鹊踏枝》:"叵耐灵鹊多谩语。送喜何曾有凭据?"

腊月回乡

车近故里晚，
红灯缀远村。
出站见妻子[①]，
喜极泪涔涔。
客归乡愁尽，
团聚一何珍！

注：①妻子（qī zǐ）：妻和儿女。

七言古风

思银莲

老翁少小离故园,
每值夜静忆当年。
群童竹马相嬉戏,
阿哥最怜小银莲。
歌喉清脆黄鹂静,
嫣然一笑花失妍。
阿哥捉蟹磕破腿,
阿妹失声泪澜澜。
阿哥捕鸟送阿妹,
阿妹放鸟绿林前:
小鸟太小要吃奶,
小鸟离娘多可怜!
两小无猜岁荏苒,
兄妹耕读意绵绵。
不图军阀忽开战,
墟落一夜余颓垣。

海外漂泊万事难，
阿哥思妹月清寒。
锦书频频飞梓里，
不知何故无札还。
衡阳雁断催人老，
阿哥弹指步蹒跚。
侄回故丘负重托，
祭过先祖寻红颜。
访遍七沟十八岔，
方知伊人迁岭南。
伊人之甥悉翁愿，
径寄录像附信函。
老翁阅函集百感，
录像入机把泪弹。
此为佳人花甲宴，
寿星金发插玉簪。
浓抹欲比西子美，
朱颜粉面黛眉弯。
肴馔未齐品旱烟，
吞云吐雾赛神仙。
宠犬摇尾复相缠，

佳人开涮带污言。
老翁初视立木然，
俄而即觉天地旋。
桑叶有望变云锦，
桑叶亦可伴秋蝉。
人愿余霞散成绮，
怎堪佳丽似花残！
相隔万里思甜蜜，
近在咫尺苦掺咸。
不知录像何时止，
唯见老翁涕阑干。

杂言古风

赠知己

饮酎视八荒,俗物皆茫茫。不甘危亭寂,问蟾沐清光:绿绮何处有①?雅音在何方?

姮娥踏彩云,抱琴莅亭央。赐予黄莺语②,疏予百结肠。弃糟非孤傲,厌醨非疏狂③。但愿侬挥手④,卿喜曲悠扬。

吴刚悉此会仆语:斯世难得一知己,望君莫负姮娥许。

仆欲酾酒敬吴刚,东溟碧波映霞光。海天尽处成一线,琼楼玉宇俄不见。

灵鹊惊梦欣命笔,幸将拙作呈知己。华胥迷人似荒唐,粲然一笑又何妨?

注:①绿绮:琴名。
②黄莺语:形容弦音婉转流丽。唐·韦庄《菩萨蛮(红楼别夜堪惆怅)》词:"琵琶金翠羽,弦上黄莺语。"
③西汉·司马迁《史记·屈原贾生列传》:"众人皆醉,

何不餔其糟而歠其醨?"

④侬:我,姮娥。挥手:指弹琴。唐·李白《听蜀僧浚弹琴》诗:"为我一挥手,如听万壑松。"

寒蝉

深山古刹旁,寒蝉攀枝忙。独鸣何凄切,自诩可绕梁。讵知商风起,绿叶渐枯黄。可怜歌王将辞树,不知林外有《霓裳》。

词

长相思

鸥鸣佳,鹭鸣佳,渔港归船映落霞。谁同步岸沙?
情无涯,忆无涯,幽梦兰舟流月华。分明郎近家!

丑奴儿·纸鸢

阳春圣主生闲趣,赐尔高升。喜尔高升。仙乐风飘伴尔行。

焉知天意高难测,线断无情。尔越宫廷。寂寞荒郊了此生。

江城子·怀伊人

蓬山碧海两茫茫。踏巅霜。郁愁肠。伊人杳渺,千岭半苍黄。回首顷来初会处,桃叶落,唤凄凉。

星疏清梦见红妆。袖盈香。怅斜阳。握手凝噎,忍泪细端量。讵料霜侵云鬓改,心骤碎,恸韶光。

南乡子·游故宫

万岁吾皇。谀辞月落撼雕梁。宫阙九重今寂寂。谁泣？鸟啭新枝花滟滟。

南乡子·梅花鹿

梦断禽鸣。春峦如笑水含情。向日迷途羁御苑。心颤。众犬吠时多利箭。

忆江南（二首）

（一）

江城好，人在画图间。春燕呢喃一岸柳，银鸥嬉戏两国船。能不赛江南？

江城忆，最忆凤凰山。霞蔚奇岩衔谧寺，林拥俊鸟唤泠泉。谁个不陶然？

（二）

斜阳外，古镇唱金蝉。白鸟红霞鸣苇荡，锦鳞碧水绕游船。千里梦家园。

蝶恋花·春江即景

杨柳青青桃蕾小。燕语江桥,绿水亭边绕。彩舫汀洲惊憩鸟。红花点缀如茵草。

暮见桡前鱼戏藻。漫赏娇娆,一甩丝纶笑。金鲤两条何叹少。江山如画分心了。

清平乐·江城春晓

习习风好。柳下笙歌早。扇舞毽飞身手巧。晨练焉分老小?

花拥广场凉亭。雀藏接叶时鸣。鸥鸟喜逐游艇,渚边白鹭谈情。

菩萨蛮·山寨春晓

东山日靓西山雨。梨花如雪园田绿。紫燕舞霞中。画眉啼软风。

寨前凫戏水。蜂簇溪边蕊。新校傍溪东。国旗粲粲红。

忆秦娥·怀岳飞

除夕夜。风波亭里失英烈。失英烈。山河破碎,万民悲咽。

英雄千载名难灭。哀思萦绕西湖月。西湖月。年年长照,岳王陵阙。

满江红·抗震礼赞

强震袭来,摧万落、山崩路断。神兵降、先头部队,汶川旗粲。为救亲人钻险处,手拉父老残梁颤。勇士急、舍命挽狂澜,寰区赞。

海内外,齐捐款。志愿者,奔一线。看回春妙手,恰传温暖。对口支援扶自救,群英巧手协重建。志凌云、教鸟语新园,人称羡。

曲

天净沙·桑梓暮景

芳洲野鹜余霞,稻田垂柳鸣蛙,小院花墙黛瓦。虫啼檐下,两公婆品清茶。

附录

杂感

被瓦砾所赞赏的一定是瓦砾,被瓦砾所鄙夷的一定是金刚石。

翻书景先圣,落笔疏古人。

若能常临镜,西子更可人。

好书如水心如玉,一日失涤玉生尘。